광덕산장

광덕산장

송양의 시집

월파출판

시인의 말

마음을 잃지 않으며 살고 싶다
흐트러짐이 없으면 더 좋겠다
시를 쓸 때는 생각과 마음이 자라는 시간이다
시를 쓰며 맛보고 내용을 삼키다보면 내 몸이 닦아짐을 느낀다
인간은 만족을 모르는 동물이라지만 시 쓰는 순간은 만족하니 행복하다
불행을 스스로 만들어내지 않으려고 쓴다
부귀를 좇는 헛된 망상을 벗어난다
꿈과 희망을 장착 한다
살아있음을 본다
이제 시를 써야겠다

2020. 2. 1 광덕산장에서
월파 송양의

차 례

1부 | 청춘으로 사는 것

2부 | 꽃밭을 매며

3부

내가 나 되기

4부

석양에 기대어

5부

사랑 일기

바람이 명랑하게 지나간다
명상의 집, 빈 하늘이 다정하다
새소리 물소리 귀안에 가득하다
광덕산장은 내가 만들어본 작은 천국이다

1부

청춘으로 사는 것

광덕산장

산장에 앉아 새소리 듣는다
가까이 피어 있는 꽃에게 미소로 답한다
먼 새소리에는 응답할 방법을 모른다
사랑의 대상들만 보인다
쑥쑥 마음이 솟는다
푸른 잎들이 춤추는 것을 따르려 한다
은근하게 웃으며 산자락을 둘러본다
계곡에서 흐르는 물이 자유를 가르친다
작은 산장에서 깨지 않는 꿈을 꾼다
바람이 명랑하게 지나간다
명상의 집, 빈 하늘이 다정하다
새소리 물소리 귀 안에 가득하다
광덕산장은 내가 만들어본 작은 천국이다

물가에서

광덕 산 계곡 물가에 앉아 있다
흐른다는 것은 살아 있다는 증거다
나의 사랑처럼 멈추지 않는다
물소리가 떠내려가고 있다
짝 잃은 새들이 운다
지나가서 무게도 없는 사랑을 그린다
미련인가 욕망인가
있는 대로 받아들이지 못하는 마음이 숨는다
흘러가는 물처럼 삶은 사라진다
수시로 새로워지는 세상이다
자유와 고요의 광장에서 구도자 흉내 낸다

산장에서

상상한 그림이 없는 풍경이다
산토끼가 내려와 산장을 점령했다
꽃잎을 허락 없이 먹고 있다
산토끼는 무엇이 그렇게 당당한지 모르겠다
본래 자기 영역이었다고 항의하는 자세다
내가 해치지 않을 것을 아는지 도망가지 않는다
인연하고 싶지 않은 산토끼와 함께 살 수는 없다
불가능한 사랑이 이루어지기전까지는 이해 못한다
내가 가꾼 꽃잎을 따먹는데 용서할 수 있을까
내가 얼마나 참을성 있는지 견디고 있다
가슴속에 사랑의 문양이 그려지기를 희망한다
산토끼가 산장 마루 밑으로 사라진다

산장 단상

이곳이 종착역이면 좋겠다
중간역 없이 달리는 열차에서 내리고 싶었다
모든 것처럼 한곳으로 가고 싶지 않다
나는 무엇의 주체로 살고 있을까
이곳에서 무르익어가고 싶다
더 이상 서성이고 싶지 않다
무거워지면 소멸하고 싶다
묵묵히 일해 온몸을 아껴주고 싶다
철없는 내 영혼도 쉬게 하고 싶다
몸이 가고자 하는 길 막고 싶지 않다
존재의 힘이 무슨 소용 있겠는가
곡선의 길을 거부하고 싶다
사랑하는 일만 하고 싶다

왜 몰랐을까

바람의 방향을 조정할 수 없다는 것을
내가 달아 놓은 풍경은 소리를 내지 않는다
외진 곳에 홀로 달아 놓아서일까
내가 달아 놓은 풍경이 행복의 길인 줄 알았다
불가능한 것을 바라는 현실과 맞붙어 싸우는 짓이었다
변해야 한다는 것은 내가 바꿀 수 없는 그들의 문제다
내 뜻에 맞추어 통제할 수 없다는 것을
사랑처럼 항상 같은 방향으로 움직이지 않는다는 것을
참 행복을 모르고 죽는 줄 알았다
울지 않는 풍경이 나의 스승임을

그 섬에 가고 싶다면

물고기 잡지마라, 그 섬에 가고 싶다면
사람들이 잡을수록 섬들은 낮아진다
섬들이 기대고 일어설 수가 없어진다
물고기들은 서로 번갈아가며 섬을 떠받치고 있다
섬이 없어지면 머물 곳이 없어질 것이다
물고기들은 섬이 주는 의자에서 쉬고 싶어한다
물고기들은 섬 주위를 돌며 섬을 보살피고 있다
사람들은 매정하게 물고기를 잡아들인다
어느 날 사람들은 갯바위에 앉을 수 없게 될 것이다
섬들은 살고 싶어 육지로 다가올 수도 있다
섬들이 떠나면 낭만을 찾던 사람은 섬을 보지 못할 것이다
물고기들의 눈물로 바다는 더 짜질 것이다
섬의 빈자리에 소금꽃만 보게 될 것이다
어떤 물고기는 미끼를 향해 달려와 물고 있다

하나의 희생으로 사랑하는 섬을 목숨으로 지키려든다
자신의 희생으로 사람들 마음이 변하기를 소망하면서.
물고기 잡지마라 그 섬에 가고 싶다면

저녁

별을 초대하고 싶은 마음으로 살아야지
설렘이 없다면 무엇도 매혹적이지 않다
공기보다 무겁게 사는 것만 인정해주자
바람이 책을 덮는 것까지만 용서해주자
불을 켜고 책을 여는 것은 후회할 질문을 서두르는 것이다
지금은 햇빛이 흩어져 술래잡기 하는 시간
구름도 산 너머로 귀가하는 시간
편지 대신 잎 새 하나 손에 들고 있다
어둠의 말들이 희미하게 서걱거린다
바람처럼 흩어지고 싶은 저녁
둥지 찾아 떠나는 새들처럼 떠돌고 싶다
형상 없는 바람처럼 날아가고 싶다
바람의 태엽이 감길 때까지 만이라도
달고 간지러운 바람에 묻혀가고 싶다

꿈꾸는 소리가 들린다, 음악처럼 죽지 않는다
방문을 열고 내가 닫히기 전에 꼬리를 그리는 별들을 본다

중년의 삶

퇴보를 막으려고 발버둥친다
버틸 수 있는 한 견뎌본다
아직은 오솔길을 갈 수 있다
나이 들어가는 삶이 익숙해진다
별이 뜨기 전에 정확히 집을 찾는다
아침에 나갔던 작은 문으로 기어들어온다
기본욕구만 생각하는 평화로운 하루
아무것도 생각하지 않은 미친 하루
정답은 학교에서 확인해야 한다
중년은 탈퇴가 불가능한 천형
시간은 되돌릴 수 없다
평안하려면 적응해야 한다
신바람나는 순간은 없을지라도
처참한 감정이 기다릴지라도
대서사시를 완성하고자 갈뿐이다

회상

두고 온 꿈들이 내 안에 떠다니고 있다
자유와 기쁨의 빛을 꺼낸다
비워 있는 곳을 채우면 주인으로 살 수 있을까
쌓여 있는 사랑을 열어 놓는다
나를 기다리는 행복으로 살아야 한다
생각을 빼앗기고 절망하지 말자
꿈을 기르고 써 보아야 할 때이다
내 자신을 사랑했음을 보여주지 못했다
태어날 때의 얼굴로 되돌아가는 연습시간이다
세파의 과정에서 변해버린 얼굴로 가면 안 되겠지
삶은 제 갈길을 간다
살아 있는 소리를 많이 듣는 시간이다

세월이 간다

새들의 눈물로 하늘이 더 깊어 보인다
세월이 간다고 슬퍼하지 말자
덧없음이 없다면 아름다움도 없다
새들아 울음으로 연주하지 마라
운명을 초라하게 만들지 마라
갈 때 가더라도 유토피아를 그리자
남은 인생을 열심히 구경하자

무지개

태양이 무지개다리를 만들어 놓았다
숲이 사라지기 전에 걸어야 한다
벌 나비들이 앞서 사라진다
물방울들이 하늘로 떠오른다
한 움큼 잡아 다리를 퍼트려본다
맨발이어선지 몸이 흔들린다
설레는 마음으로 푸른빛에 둘러싸인다
등이 구부러진 무지개다리를 걷는다
리듬을 타고 바람의 노래를 들어야지
무지개다리를 먼저 건넌 당신
만나면 빠진 대로 나오지 않을지 몰라
가슴이 다 닳을 때까지는 찾지 못할지 몰라
불빛이 하는 일이라고 아쉬워 할까
찾다가 지치면 무지개 끌어안고 잠을 자겠지
태양이 무지개다리를 허물 때까지는

등산

숲길을 걷는다
낙엽들이 또 잔소리다
매일 자기를 밟고 지나가야 하느냐고
바람도 내 삶을 떼어가지 않는데
소나무도 움직이지 않고 침묵하는데
차라리 흙냄새나 풍겨다오
풀냄새가 가슴에 스며든다
새들이 날아가는 소리 사랑의 소리
이곳에서는 낡은 사랑은 접어둔다
푸른 물결을 가르고 가면 그만
인생의 숲속에 세상이 녹는다
바람의 영혼 따라 여행 한다
발길에 채이던 낙엽들이 함께 걷는다

산책

혼자 산책하는 것은 아니다
침묵하는 많은 것들이 동행한다
이루고 싶은 것들을 이야기하며
지나간 것은 모두 찬란하다고 말한다
고독을 끌고 내려와 느리게 걷는다
바람의 포옹은 거절하지 않는다
당신에게 스며들 듯 걷는다
영혼은 충분히 따라오고 있다
모든 세포가 평화를 노래한다
천국의 길도 이와 비슷할 것이다
매일 한 시간 산책은 멈추지 않는다
잠시 꿈꾸면 천사가 지나간다
시 한 수 잡고 싶을 때 詩를 쓰지 않는다
아름다운 시들이 단상과 뒤섞인다
하늘에 수놓도록 번져나가게 띄운다
고독하기 위해 발걸음을 멈추려들지 않는다

파도

침묵이 있다기에 찾아온 바닷가
말의 무게가 얼마인지 알 수 없다
좋은 것들은 얼마인지 모르는 것
쉬운 답을 어렵게 자문해본다
바다 너머에서 큰소리가 들린다
가까이 다가오는 파도가 발밑으로 파고든다
파도의 촉수들이 나를 탐하려 안간힘 쓴다
침묵하는 관찰자로 마음먹어서일까
하얀 거품을 물고 돌아간다
하고픈 입속의 말은 끝내 참는다
옛 기억들은 관통할 수 없이 단단하다
바닷물이 되어 세상에 흩어지고 싶다
파도가 내 안으로 들어오면 유혹에 견딜 수 없다
멋지게 지워지는 세상을 상상한다

바다에 누워

내가 물속을 좋아하는 이유는 물속에서는 눈물이 들키지 않기 때문이다
슬플 때는 미련 없이 바다로 뛰어 든다
육체는 감추지 않아도 좋다
물고기처럼 적당히 짠 눈물을 쏟으면 그만이다
바다 위에서는 해도 달도 부서진다
바다에 누워서는 흔들려도 소리 지르지 않는다
아무리 울어도 들켜버릴 수 없기 때문이다
마음까지 감추는 것이 당연하게 느낀다
들썩이는 어깨 아래로 물고기들이 귀 기울인다
파도가 자기의 몸을 데리고 흩어진다
이제 훌쩍이고 싶어도 웃음이 나온다
파도에게 나 이제 나왔다고 말해야겠다.

내 안에는

–

내 안에는 내가 많다
생각하는 나와 느끼는 나는 다르다
아는 만큼 그렇게 이성적이지도 않다
정신을 집중해도 길을 잃는다
마음잡았는데 초심을 잃는다
감정이 있는데 행동은 다르다
미래를 상상하는데 이 순간을 의식한다
존재하고 싶은데 행동이 앞선다
필요한 것 쫓는데 가진 것에 머문다
내 자신으로 살아야하는데 다른 사람이 되려한다
보고 들으면서 마음은 엉뚱하게 생각한다
내려놓고 욕구만 거두어들인다.
생각하는 나와 찾고 싶은 나
내 속에 있는 많은 나에서 진정한 나는 나인가
습관적인 나 드러나는 나

바깥을 본다면서 안을 들여다본다
내 속에는 내가 많다

청춘으로 사는 것

청춘이란 숫자가 아니다
더 알고자 한다면 청춘으로 사는 것이다
설렘이 남아 있다면 청춘으로 사는 것이다
사랑한다면 청춘으로 살고 있는 것이다
늙으면 호기심도 따라 늙는다
청춘이란 젊은 육체가 아니다
감동으로 생각을 자아낸다면 청춘이다
청춘이란 평안함이 아니다
무엇인가 바뀌기를 바란다면 청춘이다
사는 것같이 살지 않음을 두려워할 때는 청춘이다
의미 없이 죽는다고 느끼지 않으면 청춘이다
대접을 받으려하지 않고 대접을 하려한다면 청춘이다
다른 사람을 더 배려하는 생각을 하며 살면 청춘이다
나이와 상관없다. 시대의 흐름과도 상관없다
나이 들어도 날로 새로워지겠다면 청춘이다

경험이 지혜가 된다고 생각하면 청춘이다
지난 일을 시원하게 자유로이 산다면 청춘이다
망설이지 말고 행동하며 산다면 청춘이다
해결해야할 숙제가 있다는 것은 청춘으로 살고 있다는 것이다

나의 길

답 없는 길을 즐겁게 간다
살아 있다면 견딜 수 없는 시간은 없다
하찮은 일에 욕망을 쏟아 넣지 않으면 더 쉽다
인생길은 정해진 노선버스가 아닐 것이다
바람이 찾지 못한 길을 찾아 나선다
이유가 확실하면 웃으며 갈 수 있다
천천히 가야 꽃들이 나를 반길 수 있다
알맞은 거리로 함께 가는 편이 사랑이다
봄이 오면 몸이 파랑으로 물들고 가을이면 붉게 물든다
세상의 입구를 향해 가다보면 아름다운 세상과 벗할 것이다
자유롭게 갈 수 없다면 지금 있는 곳이 감옥이다
바람이 쓴 글씨를 보며 가도 좋고 하늘이 훔쳐가는 그리움을 보며가도 좋다
구름과 발자국 사이를 견디면서 나아간다

고독할수록 마음은 잔잔한 물결이 된다
기러기처럼 하늘을 베고 가지 않는 것이 어디인가
열차처럼 바람에 굉음을 놓고 가지 않는 것이 어디인가
흔적을 지우며 나무처럼 서둘지 않고 간다

봄날에

―

바람이 심어 놓았다
가슴에 꽃향기가 난다
사랑을 말하며 피는 꽃을 보고 떨어진 꽃을 만진다
날아가기 위해 앉아있는 새처럼 내 안의 너를 본다
꿈꾸는 너를 들으며 봄의 숨결을 느낀다
오늘 밤은 내가 부른 노래의 별이 뜰 것이다

2부

꽃밭을 매며

봄의 길목에서

꽃잎진다, 참 기쁘다
곧 열매 맺을 것이다
긍정하게 되면서 서러운 것이 없어졌다
꽃에 물을 주다가 생각해 본다
꽃에 주는 조루로 내 몸에 물주면 꽃이 될까
한 시절 아름다운 때 있었는데
물통에는 후회가 물대신 채워진다
시든 라일락꽃에서도 향기가 나듯
늙어가는 내 안에도 향기가 있을까
가까워서 보이지 않는 에펠탑처럼
나만 알지 못하는 향기가 있는지도 몰라
마음을 모두 펴지 못해 풍기지 않는 걸까
내 가슴을 씨앗 쪼개듯 해봐야 꽃을 볼 수 있는 걸까
내 눈물은 꽃이 될 수 없을 터
연명하고 있는 내 그림자를 본다
일찍 나온 별들이 강물에 떠내려간다.

삶은

비어 있지 않으면 젖을 수 있다
금이 가지 않으면 흐를 수 있다
마음이 결례를 하면 침묵할 것
꽃은 혼자 피고 달도 혼자 뜬다
웃지 않은 날은 많아도 무엇 하랴
사랑하는 날만 인생이다
고목되어 잎을 그리워한들 무엇 하랴
뿌리는 놓아주고 미련 없이 가는거다
시간 다 지워지기 전에 파랑 하늘을 보자
초침이 쉬고 싶다면 편안히 그러라 하자
무게는 떠나고 나서 재도 충분한 것
어느 순간 이슬처럼 떨어지면 그만인 것
어느 순간 땅속에 묻혀 하소연 하는 날 정해지지 않은 것
비 한 방울 묻히지 않는 바람처럼 살 수는 없다
세월이 창문을 흔드는 것을 느낄 수 있다면
닿을 곳을 묻지 말고 별똥별처럼 가자

나무 아래 누워

꽃 속으로 들어가고 싶은 계절은 답을 해주지 않지만
스치는 바람에게 귀를 기울여본다
꽃들이 웃는 사이로 시냇물소리 듣는다
새들이 뿌려 놓고 간 소리도 듣는다
푹신한 구름 한 점 끌어다가 구름무릎 베개 삼는다
떠가는 꿈길만 젖어들면 되겠다
겉옷은 몸을 기억하고 잠들도록 걸어두면 된다
옷도 나의 소리를 홀로 듣고 싶어 할 것이다
모두 침묵 속으로 걸어가면 된다
식은 것은 잘라버리고
꿈속도 고독하다면 잘라버리고
꽃비처럼 낮게 몸을 내려놓으면 된다
흐르는 물소리가 저물 때까지
숲속으로 사라지는 그리움까지

나는

내 머리에 두른 화환은 모자 속에 숨겨져 있다
번뇌와 아픔을 꼭꼭 숨겼다
오줌처럼 물로 빠져나가지 못하는 나이테
사랑의 무덤도 만들어져 있다
닦여있어 깨끗해 보이는 눈물봉분도 있다
내가 사라지면 함께 사라질 것만 보관 중이다
불쌍한 사람이 떠다닌다고 수군대는 것이 싫다
소중한 나를 흔들 수 없다
나는 모자를 벗지 않으므로 누가 보아도 자유인
머리 위에 의연함이 착생한다
순례자처럼 길을 버리고 걷는다
말라버린 고통을 날려버리고 가슴을 닫는다
방해 받지 않는 평화를 위하여 날개 없이 간다

의자

흔들려야 의자다
균형을 무너뜨리면 함께 흔들 줄 안다
원위치로 돌아갈 자신이 있기 때문이다
가고 싶은 곳도 많겠지만 흐르지 않아도 괜찮은 모양
지루하지 않도록 누군가가 앉아주면 그만인 듯
흔들어주면 습관이 되겠지
사랑하는 사람처럼 길들여지겠지
다시 피는 꽃처럼 질릴 일은 없을 거야
봄이 다시 오듯 흔들리고 싶은 버릇
푸른 숲속의 그 옛날을 그리워하는 듯
가지를 뻗지 않기 위해 참고 있는 듯
허전하지 않도록 흔들어 달라고 한다
사람은 떠나고 의자 혼자 제자리를 지키고 있는데.

광덕면 만복골1길 215

산중턱에 조립식으로 지은 세 평짜리 얇은 집
이게 집이냐고 묻는 사람이 먼저 지쳤다
전기 없이 어떻게 사냐고 묻는 사람
수도 없이 어떻게 사냐고 묻는 사람
화장실 없이 어떻게 사냐고 묻는 사람
나는 문제없다는데 이상한 사람들이다
계곡물 떠다가 세수하고 산속에 들어가 거름 주며
나무들이 잠들도록 전깃불을 설치 안 했는데
불편해서 안쓰럽다 말하는 동네 사람들
자기들보다 더 가난해서 속으로 좋아하는지도 몰라
주소가 있어서 어쩌다 우체통에는 문우가 보낸 시집도 꽂혀 있는데
사람들은 눈물과 더불어 사는 줄 착각할까
움막집 앞에 무엇하려고 꽃을 심느냐 묻는 이도 있다
하늘에 계신 아버지는 예쁘고 참 잘했다 칭찬할 것인데

새소리 물소리 듣는 것보다 내 한숨이 언제 나올지 궁금한지
마음 부자로 살고 싶어서 살고 있는데
나를 위해 없는 것 말고 다 있는데 별난 사람들이다
천안 만복골1길 215번지, 나는 만족스럽게 살고 있다

집

광덕산자락에 지은 움막집은 아무리 생각해도 좋다
재개발로 헐릴 염려가 없다
도둑이 오면 오히려 놓고 갈 일만 있다
시끄러운 상점은 더욱 들어설 수 없다
산속 움막집은 그래서 내가 살고 아낀다
찔레꽃 필 때면 비가 오지 않는다는 어른들 말씀만 새길 뿐
시계도 컴퓨터도 필요 없는 곳이다
연필로 종이에 글 쓰다가 밭 매다가
하늘나라 갈 때까지 세월 잊고 늙어가고 싶다
할아버지가 심은 나무가 이렇게 큰 것이냐고 손자가 질문하는 날
내가 세상에 없는 것을 서러워하지 않고 싶다
재물에 욕심 없는데 무엇을 바랄까
오래 살아도 가지고 갈 수 있는 것이 없다는데
멍청하게 살도록 무관심 해주었으면 좋겠다
아무리 생각해도 만족하는 움막에 허리 굽혀 들어간다

꽃밭을 매며

뜨거운 햇살아래 꽃밭을 맨다고 수군거리지 마라
쉬고 싶으면 움막으로 들어갈 것이다
움막에서 견딜 수 있냐고 의문부호도 보내지 마라
두 다리는 충분히 뻗을 수 있는 공간이다
호화로운 집에서 산다고 더 행복할까
나는 불행하다고 생각한 적이 없다
밤새 숨어있던 꽃들을 보듬는 재미는 누가 알까
꽃밭 매며 세상 근심 잊고 꽃들의 춤에 들썩인다
세상에서 가장 아름다운 정원 구경가보겠냐고 물으면
움막집 앞 꽃밭에서 머물고 싶다고 말 하겠다
비가 오면 얇은 비가림막 지붕 두드리는 소리 듣고
눈이 오면 설경이 멋있다고 뒤뚱거리며 나올 거다
머물고 싶은 움막 앞 작은 꽃밭
다들 꽃 같아 꽃밭을 매지 못하고 앉아만 있다

움막집의 꿈

광덕산 움막집에서는 꿈처럼 살게 된다
천국을 맛보고 하고픈 일 다 하게 된다
희망은 잠에서 깨지 말았으면 하는 것
그냥 꿈꾸다가 죽어도 좋다는데 어김없이 깨어나는 것이 흠이라면 흠
움막집에서 다시 한 번 잠을 청해본다
이렇게 설렌 적이 언제였던가
도시에서 살 때는 걱정이 끝이 없었다
강의 며칠 전부터는 좋아하는 비를 맞을 수 없었고
여행 며칠 전부터는 좋아하는 바다도 갈수 없었다
감기 걸릴까 아플까, 꿈꾸어도 그런 꿈뿐
광덕산 움막집에서는 꿈꾸다가 죽어도 좋은 꿈만 꾼다
흔한 전기도 온돌도 없는데 세상은 공평한 것인지
선뜻 스스로를 가두는 곳을 선택한 것은
유폐된 상태로 뒹굴 수 있기 때문이리라
오늘은 별나라 두루 다니며 무슨 놀이할까 감질 난다.

이런 가게

이쪽에서 보이는 것은 자살가게
저쪽에서 보이는 것은 폭행가게
뒤쪽에는 폭언가게, 거짓말가게……
누가 차렸으며 고객은 누구일까
호기심에 들어가고 싶지만 점잔을 뺀다
올가미, 총, 칼, 인형, 마이크, 몽둥이…… 이런 것들을 팔까
아무리 욕해도 되는 가게일까
아무리 폭행해도 되는 가게일까
쉽게 자살하는 물건을 팔까
쉽게 미친 짓 할 수 있는 물건을 팔까
행복하기위해 찾는 가게가 매력 없다고 소문났으면 좋겠다
주인장의 사용설명서를 듣고 한숨 내뱉으면 좋겠다
아무도 물건을 사가지 않았으면 좋겠다
손님이 없기를 바라며 잠에서 깨어난다

이런 여행

그의 짐은 들고 갈 수 있는 만큼 무겁다
가방 속에는 스트레스와 슬픔을 채웠다
배낭 속에는 미움과 분노……
세상 억울한 것 모두 가득 넣고 떠났다
몇 번을 왕복하며 짐을 옮겨야 할지는 모른다
짐이 생각처럼 뿌리내리지 않기를 바라면서 간다
누가 보면 부끄러워질까 봐 가방 열쇠는 버렸다
탈출도 도피도 해방이란 단어는 어울리지 않는다
누구에게도 미안한줄 모르기에 떠난다
여행이 행복하냐고 물으면 대답하지 않을 것이다
이런 여행에 돈이 얼마나 필요한지도 답하지 않을것이다
짐에게 묻든지 말든지 하라고 말할 것이다
출발했던 곳으로 다시 돌아온다 해도 떠난다
이런 여행이 환상이거나 꿈결이라도 좋다
하나의 생각으로 짐을 옮긴다

관음죽 꽃

대나무는 꽃이 피면 죽는다고 말하지만
내가 키운 관음죽은 꽃이 피어도 죽지 않는다
남들이 만들어 놓은 한계에 동행할 이유가 없다
남들이 그은 선에 멈칫할 까닭이 없다
게으른 내가 관음죽에게 결핍의 에너지를 주었던가
꽃이 피고 죽을 때까지는 꽃이라고 부르자
꽃피는 소리 들으며 귀 쫑긋하는 시간
그리운 사람 기억하도록 한 송이만 피었다
속을 빨갛게 태워 번진다, 붉은 꽃
빛깔은 제 몸을 10년 동안 섞어서 풀었으리라
도톰한 꽃 입술 화석이 되려한다
키워서 보는 꽃이어야 행운이 온다던가
다가가는 설렘이 고운 빛깔 닮기 원하고 있다

번지 점프

죽을지도 모르면서 허공으로 낙하한다
지상과 완벽하게 이별하고 공중에 매달린다
추락은 다른 세상을 만나고픈 이유다
비명은 웃음소리로 들린다는 것을 모를 리 없다
소름 돋는 것은 희열이라고 생각하기 때문이다
종교가 없는 사람도 기도를 드린다
닿을 수 없다는 것을 믿으면서 기도한다
공기가 몸을 맹렬히 통과 한다
벼랑아래도 떨어지며 황홀경에 빠진다
죽음의 동전 몇 개가 나보다 먼저 낙하 한다
나의 외마디 외침이 하늘을 흔들고 있다

풀

풀들의 목소리를 듣는다
적막할수록 속삭임은 더 잘 보인다
지휘하지 않아도 들리지 않는 음악까지 발굴된다
다 비워야 기쁜 소리를 내는 모양이다
풀에게 질문 못하고 소리가 투과된 내 몸을 본다
날지 못하는 풀들이 까치발을 세운다
하늘의 뭉게구름처럼 사랑의 개체수를 늘린다
바람이 잠재운 풀들을 햇살이 마저 깨운다
행렬지어 어딘가로 걸어 들어갈 태세다
슬픈 것은 모두 몸속에 집어넣는다
풀잎향기가 가슴에 가득 채워진다

담쟁이

움켜쥔 손아귀로 더듬는다
폭풍우에도 바래지 않는 힘줄 참 질기다
낮게 수그리는 겸손은 타고난 버릇인가
틈을 비집고 나아가는 넝쿨손은 하늘까지 오를 기세다
몸을 당겨 어디까지 끌고 갈 것인가
파랑으로 벽을 발라가며 간다
지나가는 시끄러운 소리에 실눈을 떴다가 감고
입 다문 몸뚱어리 밤에만 부풀린다
물갈퀴 같은 손발 들킬까봐 웅크려 껴안고
납작하게 오늘도 기어오르기에만 열중이다

풀매기

밭에 나 있는 풀들을 다 뽑으면 당신을 만날까
뒤돌아보면 맨 자리 다시 푸르다
내 보고픔보다 더 억센 풀들은 거침이 없다
이쯤이면 안쓰러운 마음 알아줄만한데
하늘보다 땅바닥 쪽으로 눈길이 쏠리게 한다
당신을 쓰다듬듯 풀들을 대하지 못해서일까
성난 잡초들이 아우성이다
창문 있는 방에서 쉬어본적 없다면서
눈물 내 뱉는 잡초는 외마디마저 만들지 못한다
호미로 눈물 찍어내듯 앙칼진 내 손
함께 살수 없다며 무덤 속으로 풀들을 밀어 넣는다
솟구치는 풀의 눈물인지 묵정밭에 향기 가득하다

호두나무

수꽃은 암꽃보다 열흘 먼저부터 기다리고 있다
단 한 번의 사랑으로 생을 마감하는 수꽃
웃지도 못하고 뚝 떨어져 땅에 스며든다
이파리들은 속도 모르고 팔랑거린다
햇살은 남아 있는 자에게만 내린다
주렁주렁 매달린 열매는 은혜를 알까
푸른 눈의 열매는 꼿꼿이 머리세우고 하늘에 몸을 내민다
누구도 못 믿는다며 독까지 품었다
이파리의 아름다움이 썩어갈 때 드러내는 열매
마음 지그리고 천국에 있는 어버이를 그릴까
부서질 미래에 서로 안부 물으며 바스락 거리는
한 생애 마친 호두 온몸이 딱딱하게 굳어간다

3부

내가 나 되기

석양

누구의 입술이 저렇게 붉으냐
하고픈 말도 외침도 사라지고 붉은 노을뿐
무엇인가 이야기하려고 붉게 칠했을 것이다
생을 마감한 붉은 고추를 닮으려는가
참회의 수줍음으로 홍당무가 되었는가
혓바닥 감추고 빨갛게 타 오른다
세상 것 다 녹여버리고픈 용광로를 꿈꾸고 있을까
누구도 모르는 한을 끝내 말할 수 없는 것일까
오늘은 제 몸을 익혀 산화하려 한다
누구를 씻어주려나 누구에게 하소연하려나
고행의 포즈인가 환희의 열망인가
입술로 태운 자리 검게 이어지고 있다

저녁노을

저녁노을이 제 몸을 버리고 있다
금붕어처럼 붉게 노닐다가 조용히 사라지고 있다
다 내어주고 빈손으로 돌아가고 있다
또 한 인생이 마치고 있다
죽은 것은 모두 아름다운 이야기다
없어지는 것은 아름답다는 꿈이기 때문이다
지치지 않은 사랑이어도 끝은 거품이다
힘든 시간이었어도 자고나면 추억이다
걱정근심으로 살았어도 씻김 받으러 갈 것이다
사리로 마음 빛내건 피고 또 피는 야생화로 피우건
눈부신 윤회를 꿈꾸어도 좋다
내일 다시라는 말은 언제 들어도 좋지 않은가
저녁노을은 희망이라고 부르자
한 삶이 다시 회귀하고 있다

꽃

꽃은 슬픔에 대하여는 말하지 않을 작정이다
반성하거나 후회하지도 않을 생각이다
입을 다문 습관은 간직하고 환한 표정만 연기한다
겨울이 아니어서 고독을 들킬 염려는 없어 보인다
소리 내어 보았자 소용없음에 입을 닫았다
떠날 수 있다고 갈 수 있는 상황도 아니다
벌거벗은 마음으로 남의 심장을 흔든다
꽃처럼 쉽게 붉어지지 않는 얼굴을 어찌하랴
꽃은 긴 인생보다 화려하고 짧게 살고자 한다
꽃의 아름다움을 기록하려 해도 끝이 없을 듯하다
나와 닮은 점은 서로 날개가 없다는 것뿐
꽃들과 다음 생에서 다시 만나기를 희망해본다

촛불

방에 켜 놓은 촛불, 한 인생이 가고 있다
시간은 가고 삶의 누수를 막을 힘은 없고
한때는 세상 다 밝히려 들더니 제 호흡마저 희미해진다
증발하는 냄새가 방안을 메운다
끝까지 아름답게 견디는 모습이 장하다
걱정거리를 앞질러 생각할 이유는 없다
남은 시간을 세기에도 바쁜 나날이다
불행하냐는 질문은 세 번씩 열 번 이상 부인할 것이다
잊어도 될 망각의 바람만 모퉁이에 감출 것이다
사라져가는 시간에 조용히 어둠 너머로 손을 뻗을 수 있다
그리운 추억이 피어올랐지만 눈물이 나지 않는다
나를 닮은 그림자가 호응하고 있다
소멸하는 방법으로 자신을 나타내는 것까지 닮았다
적막이 뿜는 온기가 사라지고 있다
촛불처럼 내가 흔들리는 것은 아니다
침묵하는 법을 배운 촛불은 함께 있는데 혼자다

나무 심기

계절이 눈이 멀었다
열대와 한대를 오가더니 우기와 건기를 알리고 있다
나무를 심고 땅위에 뿌리를 그려주며 보듬었다
푸르게 태양을 바라보라며 이름도 지어 주었다
왜인지 지난 시간은 묻지 않았다
그림자는 그려줄 필요가 없었다
태양의 몫까지 감당하고 싶지 않았다
나무가 성장할 상상이 밀고 나가게 했다
어제를 잊고 새날만 그렸으면 하였다
바람이 도착할 때까지 물을 주고 싶었다
떠돌아다니지 말라고 발은 묶어 주었다
사라진 날개를 달라고 하지 않음을 알기 때문이었다
땅을 파고 몸을 접어 넣고 필요한 공간을 만들어 주었다
누워서 꿈을 꿀 수 있는 여유까지 주었다
나무에게 소용 있는 위안이 쌓이도록 기도는 빼먹지 않았다

등산 스틱

그림자도 없는 나무 스틱이 짐작할 수 없는 온도를 전달한다
짐작할 수 없는 침묵임은 이미 알고 있었다
앞으로 옆으로 화살표 대신 앞서 나간다
달려 나가는 감각을 지녔다는 것은 전생에 안내자였을까
덕분에 등산이 편하여 감사를 인사한다
등산지팡이는 죽어서도 봉사하건만 나는 나밖에 될 수 없다
너는 괜찮다고 눈빛 주지만 나는 부끄러운 줄도 모른다
바람을 신은 등산객이 되고 싶은 것은 과욕인가
스틱은 아무것도 바라지 않고 내 앞에 도열해 있다
어느새 우리는 산 정상까지 왔다
등산지팡이는 나보다 더 젊음을 가졌다
발아래 누워 있는 산과 들에게 말을 건넨다

풀처럼 여러해살이 하지 않고 단 한번만 살겠다고 외친다
시원한 바람이 흩날린다
하늘너머 맑은 공기가 가슴속으로 밀려들어 온다

칡넝쿨

말하지 못하는 말은 듣지 않기로 했다
산비탈에 심은 작물까지 넘보는 칡넝쿨
안간힘을 다하는 칡넝쿨을 냉정하게 자른다
죽으라고 내친 낫에 푸른색 즙이 흥건하다
쉽게 잊어지는 죽음이 있다는 것에도 무관심이다
칡넝쿨의 영혼 따위는 줄어들건 늘어나건 상관이 없다
넝쿨 아래에 묻혀있던 작물이 얼굴을 든다
죽어가며 다시 태어나는 칡넝쿨은 참 질기다
아무리 지워도 되살아나는 끈기는 상 줄만하다
감정은 어딘가에 묻어놓고 달려드는 모양이다
겨울까지 끝없이 반복될 기세다
후회와 부끄러움없이 낫을 휘두른다
연약한 마음이 아님을 알려주는데도
매순간 모양을 바꾸는 구름처럼 칡넝쿨은 끝없이 밀려온다
바람조차 돕지 않는데 손을 치우면 발이 손이 되어 온다
내려치는 칡넝쿨 녹즙이 제 몸 위에서 진동을 듣고 있다

아버지

사람은 모두 기다리며 사는 거란다
아버지 말씀은 옳으니 하늘나라에서도 기다리고 계실까
누구를 기다린다는 것은 좋은 것이라는 이해하기 힘든 말씀
모든 이들이 부모라고 생각하여 외롭지 않았을까
기다리다보면 세상이 모두 기다리는 것으로 보인다는
서서 기다리다가 세월 가면 앉아 기다리는 차이 뿐일까
불편했을 통나무에 앉았음을 외면하는데 선수였던 나
온몸을 바닥에 붙이며 기다릴 때까지
아버지를 더 편하게 기다리도록 하지도 않았다
외로움의 기다림이었을 것인데 옆에 있어주지도 못하였다
무엇이 그렇게 바쁘다고 난 항상 못 본 척 싸다니기만 했을까
아버지 살아계시면 튼튼한 의자 얼른 가져다 드릴 터인데
네발의자 눈시울 적시며 바라본다.

무명작가

하얀 솜털 날린다고 싹둑 베어지는 버드나무
그래도 죽으면서 이름은 남긴다
날릴 솜털 하나 없어서 내 이름은 남겨지지 않는가
솜털 하나로 세상 구경 다 해보았을 버드나무
난 얼마나 여행을 해야 무명의 딱지가 벗어지나
난 얼마나 가슴을 꺼내어 쓰고 또 써야 보이는가
아니다, 내 몸은 덜 익었기 때문일 것이다
오늘도 세상과 격리하여 글을 쓴다
읽히지 않는 글을 부끄럽지 않게 쓴다
난 너무 무거운 모양이야 중얼거리며 쓴다
시간은 큰 걸음으로 달려가고 있다
다시 눈을 뜰 수 있을까 염려한 아침은 어김없이 온다
속아주는 사람들이 없어져 가는 생애가 내 앞에 나부끼다
혼자인 것들과의 시간이 늘어간다
헛된 것들과 동행하지 않겠다며 그래도 쓴다

한 개의 몸

내 몸이 열 개라면 좋겠다
아니다, 내 몸이 두 개라도 좋겠다
민들레 홀씨 되어 하늘까지 날아가 보고
출렁이는 파도 되어 세상 구경 다해 보겠다
햇빛 아래서 녹아버리는 첫눈 같은 몸
하나여서 하고픈 것 하나도 제대로 못 하는 몸
그나마 껍데기를 벗지 못하는 달팽이 같은 몸
사라지지도 못하며 가지지 않은 것을 버리지도 못하는 몸
몰려드는 헛것들을 잡으려 든다
인생은 여러 개라고 불가능을 좇는다
나로 인하여 망하고 침몰하고 부정한다
허둥거리며 시간을 꼴깍 삼킨다
작은 미세먼지가 죽음을 가져올 수 있다
보잘것없는 몸뚱이 하나 무례하게 산다
다음 생은 무엇으로 살까 고민한다
한 개의 몸도 마음대로 하지 못하면서……

천체 망원경을 보고

너무 팍팍해도 너무 무른 사람이어도 안 된다
한쪽 눈은 감아야 캄캄한 밤이 보인다
목성이 테두리가 있고 직녀별이 다이아몬드 같다는
것도
첫사랑의 눈빛으로 보아야 자세히 보인다
달을 보려면 보름달은 너무 환해서 안 보이고
상현달쯤 한쪽이 감겨야 잘 보인다는 것
별빛 사냥 참 어렵다
적당한 날씨, 적당함이 하늘에도 적용된다
별의 블랙홀은 더 신기하기도 하고
별나라에도 별이 죽어 잠드는 무덤이 있다니
수 억 개의 별들이 지구보다 큰 별이라니
자꾸 더 작아지는 내 모습
집에 가면 내 머릿속의 고정관념 깨끗해질 때까지
씻고 또 씻어야겠다

목욕탕에서 잘난 마음 사라질 때까지 닦아야겠다
인간은 지구 생태계의 최종 포식자가 아니다
별똥별 보려다가 별침 맞고 나온다

계곡의 물고기

산 중턱 시골 앞마당 꽃밭에 물 주려고
냇가에서 물통에 물 가득 담아왔다
물을 주려는데 어디서 왔는지 작은 물고기 가득하다
초대하지 않은 손님이다
종을 치지 않았는데 어떻게 왔을까
꽃밭에 물주면 수많은 생명체를 죽이는 것 같아
다시 물통 들고 되돌아가서 냇가에 쏟는다
아무리 조심히 떠도 물통으로 들어오는 물고기들
천국으로 이동시키는 줄 착각하는 물고기인가
꽃밭은 너희들이 설 무대가 아니라고 소리친다
산속 냇가에서 삶을 이어가는 물고기들
이곳에서도 빛나는 꿈을 꾸며 살았을까
다물고 있는 입술은 말을 하지 않는다
꽃 옆에 비늘만 떨어뜨리어 놓고 생을 넘겨주는 물고기
이름 모를 새들의 울음이 쓸고 지나간다

내가 나 되기

내가 나 되기가 이렇게 오래 걸렸다
돌고 돌아 세월 가고 오늘에 이르렀다
남이 되려고 힘들게 살았다
남을 닮아 보려고 애쓰며 살았다
내가 남이 되고나서 내가 다시 부럽다니
헛것에 몸부림치는 삶이었구나
내 속에서 찾으면 간단했을 걸
내 안에 항상 있는 것을 왜 몰랐을까
내가 가장 가치 있는 존재임을 알 때까지
남들이 좋다는 것만 좇았구나
나도 나를 모르는데 남을 알기만 힘썼구나
세상의 중심은 나
내가 시작이요 끝이었구나

여행자

\-

내가 바꾸지 못했어도 달라지지 않는다
세상구경 많이 해보았지만 다 거기서 거기
저 산 너머 바다 건너 그 곳도 여기와 비슷
갈매기들 먹이 달라고 손가락 쪼는 것도 마찬가지
나를 다스리려고 떠나온 여행
부자 되는 일만 포기하면 된다고 하늘을 본다
돈에 대하여 침묵하자고 발걸음 옮긴다
수백 년 사는 것도 아닌데 배낭 메고 간다
누구의 바다도 아닌 바닷가를 걷다가
다음 생에는 갈매기로 살아도 손해는 아닐 거라고
나보다 더 가벼울지 재보고 싶어 손을 내민다
후회할 일은 서두르지 말아야지
인생이 얼마나 짧은가
철새처럼 지구 반 바퀴를 돌아보지 못했지만
잘났다고 철없이 살아온 길이 보인다
무명배우였다. 여행하는 동안은 주연이고 싶은
풍선처럼 바람 들어간 여행자는 춤을 춘다

탐욕

잃어버릴 것이 없으면 두려울 것이 없다
욕심을 채우면 나른한 시간이 된다
본래 버릴 것도 채울 것도 없다면 날아갈지 모른다
들킬까봐 욕망은 대체수단으로 만족하고
가볍다며 무거운 생을 짊어지고 간다
사는 것이 별거 아니라면서 탐욕은 꼭 포장하려 든다
누군가에게 안 보이면 나쁜 것은 아니라는지
벌거벗고 빛을 가둔 암실로 찾아든다
제 그림자 하나 지우지 못한다는 것을 모른다
X-레이 필름을 돌릴 수 없고 CCTV도 없음을 아는지
자기 스스로는 절대로 체벌하지 않는다
제 몸 녹슬도록 침 흘림을 감춘다
나만 그런가
곰 심장에 빨대 꽂아 쓸개즙을 마시는 사람처럼
들키지 않은 일로 몸을 턴 뒤 시든 잠을 잔다

스노클링

바다의 문을 열고 들어가면 나는 사라진다
물속에서 눈을 뜨고 숨을 쉬고 물고기를 본다
평화의 소리가 귀에 들리고 고요 속에 물고기들을 따라 간다
영혼의 통로를 유영하고 이동한다
잠을 덜 깬 산호는 잠들어 있게 하고
감각을 흔들어 놓은 색깔만 만끽한다
바다를 어루만진다
물결과 파도가 바다의 몸을 들락날락 거린다
등으로 해를 가리고 바다를 자꾸 끌어 당겨본다
눈을 크게 뜨고 물속의 세계를 감싼다
아름다움이 눈을 찌르면 미소로 덮는다
나는 보이지 않아도 내 숨소리는 들린다
입을 열지 않아도 산호에 숨어 있는 열대어에게 말을 할 수 있다
매만지는 손의 감촉이 따스하게 흩어진다

산호 향기에 몽롱해하며 호흡을 보탠다
바다 속을 뒹굴며 신비로움에 나를 잊는다
바다를 떠나도 바다를 더듬도록 스노클링은 나를 가둬놓는다

잡초 뽑으며

감히 잡초의 생을 뒤집는다
싫다고 말하지 않는다고 뽑아버린다
아프다고 얘기하면 멈추었을지도 모른다
돈과 명예에 초연한 것에 질투인가 부러움인가
숨어든 바람과 곤충에게 위로받고 살랑댄다
세속에서 벗어나지 못하고 세상 것에 묻혀 사는 사람과 대비된다
잡초를 따라가려면 멀었다
침묵 또 침묵 수행하며 나른한 오후를 즐긴다
지나가는 공기를 염색하는 것은 잊지 않는다
살아서 연약한 듯해도 포옹하는 힘은 망설임 없다
아무리 뽑아도 죽은 기억을 소생시킨다
욕망의 노예로 사는 것보다 자유로운 환생을 인내한다
풀들이 부르르 떨면서 어둠 속으로 미끄러진다
잡초의 통화방식을 이해하려 들지 않는다
언어로부터 추방된 것이 잡초라는 편견

물리적 힘으로 당하는 허망한 침묵
인간의 생보다 훨씬 긴 것은 집착에서 벗고 있음이리라
사람들은 돈과 명예도 초연하지 못하면서 남의 생만 뒤집어 놓는다

바위

너는 정자를 어떻게 수정받아 번식하느냐
수많은 자갈밭 돌들은 네가 잉태한 산물이겠지
시 쓰는 나는 글자 하나도 너에게 착생시키지 못하는데
사랑 없이도 너는 수태할 수 있나 보다
내가 모르는 어떤 것이 있는지 네가 발사한 돌들이 가득하다
너의 숨소리를 들으면 어휘가 생각날까
네 위에 걸터앉아 귀를 기울인다
물거품 같은 세상에 초연한 바위라니
세월만이 너를 읽을 수 있으려나
너에게 상륙한 이에게는 보여주었던 기억이 있겠지
네 등에 묻힌 씨앗을 피어나지 못하게 했던 아쉬움도 있었겠지
너를 껴안으면 너는 표정을 잃는다
내 그림자가 네 속으로 사라졌다

대화는 하지 말자고 묵언 수행
말의 편린이 된 자갈밭으로 눈빛 준다
바위가 부동자세 풀고 석양으로 출항한다
마법이 풀리고 어둠 속으로 유동한다

천년 고목

가죽만 남은 오래된 나무 한 시절을 회상한다
젊음을 접고 닥쳐올 것을 기다린다
몸속에 틀었던 둥지는 이미 비어 있다
날아간 새들도 기억을 잊었다
철모르게 장난치던 나무구멍이 너무 좁았을까
하늘 뚫고 가 보고 싶은 곳까지 날아가 버린
새들을 피해 기어가던 벌레도 꿈틀대지 않는다
황폐한 구멍 내부는 살아있는 것이 없다
입이 없어졌으니 말은 못 하겠다
두 손으로 얼굴을 지울 필요는 없겠다
사막까지 날아갈까 봐 싸서 묶어둘까
고목을 포장하면 숨이 막히게 하였다고 할까
산소를 채워놓고 가는 것이 도리 아닐까
상상하는 동정의 말이 목구멍 속으로 말려 들어간다
천년을 살아도 내려가는 시간을 멈춰 세우지 못한다
생은 너무 빨리 가고 바람이 텅 빈 고목 곁을 흘러다
닌다

4부

석양에 기대어

버려진 운동화

이것저것 가려본 적이 없다
가자면 가고 멈추라면 멈춘다
이것저것 맛있는 것 골라 먹는 입도 아니다
구름 뜯어다가 싸 먹는 줄 알지도 모른다
주인이 잠들 때 마음 씻고 묵념한다
혀를 내밀 때까지 뒷면이 궁금하지 않을 것이다
주인의 숨소리만 호흡인 줄 알 것이다
한 번이라도 가고 싶은 곳을 투정하지 않았는데
온기가 남아 있어도 냉정히 던져 버려진다
한세월 끌고 다녔는데 말 못 한다고 팽이다
상처를 꿰매 준다는 것은 전설이 되었다
누구도 시간 가면 박음질이 터질 것이다
젊음도 날이 가면 휘청거리는 소리 낼 것이다
단 한 번이라도 보듬어서 버릴 수는 없을까
따스한 손길을 원하지도 않았는데 쓰레기 되었다
고양이 한 마리가 버려진 운동화에 온기를 주고 있다

바다와 시인

지난밤 바다는 춥지 않았을까
밤에는 바다도 섬을 베개 삼아 눈을 붙였을까
나처럼 비우겠다며 욕심을 더 채웠을까
옳은 것은 다 하늘에 있다는데 꽉 찬 바다에 왔다
천 편의 시와 만장의 원고지를 썼는데 낭만은 사라졌다
밤새 컴퓨터 앞에 앉아 끼적이었는데
상처 준 가슴에 미안했는지 아침 바닷가에 왔다
철썩철썩 날지 못해 안타까움이다
흔적조차 남기지 않으려는 것은 나보다 낫지만
투명한 물건으로 살 수 없는 것은 똑같다
나는 땅을 더럽히지 않도록 신발 털까 고민하지 않는데
바다는 아침부터 제 몸을 닦고 씻는다
그래야 찬란한 글이 나온다면 그러겠는데
뜨겁게 써도 시는 쉽게도 마지막 숨을 다 한다
반복하는 바다처럼 죽을 때까지 쓰겠다는 희망
더 보면 바다로 뛰어들 것 같아 눈을 감는다
갈매기는 어느 시인의 환생일지도 몰라

나 같은 시인은 좋을 글도 못 쓰다가 날지 못하는 새가 될지도 몰라
탐욕에 길들어서는 헛된 글만 나온다는 스승님을 잊고
이렇게라도 연명해야 하는 시인으로 사는 운명이다
아침 바다는 서서히 피기 위해 일어나건만

텃밭에서

채소라도 키울 땅 한 뼘 있었으면 원했는데
어렵게 장만한 땅 심심풀이가 된다
한 바퀴 돌아도 일 분도 안 걸리는 작은 텃밭
제주도에서 한 달 살다가 돌아왔더니
작물인지 잡초인지 우거져서 비명이다
배추가 호미를 쥐게 해서 밭을 맨다
덥고 힘들고 몇 푼 된다고 고생하느냐며 포기하라는데
아얏 하고 배추 부서지는 소리
작물을 밟아 버렸다
미안하다며 어루만지지만 회생 가능 없는 배추
땅과 해가 키웠고 나는 조금 보탰는데도
그동안 내가 키워놓은 것 내가 뭉갰다고 말한다
한꺼번에 서둘러 사랑하려는 것은 작물도 안 되는구나
텃밭 가꾸기도 온유하라고 눈치 챈 순간이다

해바라기

밭 가장자리에 해바라기 피었다
양판 같은 얼굴 누가 더 잘생겼나 비교해보란다
어디서 왔느냐고 질문 받으면 무어라 답할까
친구해도 연애해도 방긋 웃는 시간 되겠다
한번 만져보라고 얼굴 내민다
뺨을 살짝 때려도 좋다고 고개 숙인다
나비가 질투하는지 음악 멈추고 날아든다
부화한 알에서 첫 울음 울듯 노래 소리 들린다
살아있는 해바라기 미소 지으며 부풀어 오른다
귀 밝은 바람이 감상하며 맴돌다 간다
노란 천국이 가득한 해바라기
웃고 있다. 나를 끌어안고 함께 웃고 있다

나무 이야기

작가님! 저를 놓아 주세요
아무리 힘을 써도 저를 옮기지 못해요, 제가 죽지 않는 한
혼자 외롭게 보이세요, 나무 많은 곳으로 옮기려 하나요
이웃 신경 쓸 필요 없어요, 장점도 많아요
먼 후일에 사람들이 제 그늘에 많이 쉬게 하고 싶어요
제 그늘은 상하는 경우가 없거든요
나무라고 꿈이 없는 줄 아시면 곤란해요
제 입구가 어딘지 찾지 마세요
어차피 작가님과는 피를 섞어 녹일 수 없어요
제 몸속으로 흘러와서 저처럼 힘든 세상 지워버리고 싶다구요
그냥 제 몸속의 노랫소리나 들어보는 것은 어떤가요
조금은 닮은 것이 있을 터이니 온기를 나누면 어떤가요
낙엽처럼 떠돌지 않아서 다행이라 생각해요
바람과 안개와 구름을 바라보는 것이 자유거든요
세상은 하찮아 보이는 것도 쉽게 허락하지 않지요

가끔 새들이 가지 끝에 앉아 이런저런 이야기해요
한자리에서 있는 것에 몰입하는 것은 운명이에요
운명을 사랑하는 것은 나쁘지만은 않거든요
모이를 찾다가 멈춘 새나 꿀을 따지 못한 나비도 제게 의지해요
내 안의 물기가 말라 간다 느낄 때 또 찾아주세요, 그럼 작가님 안녕!

MY WAY

무엇이 나의 그림자를 흔드는가
맞는 것에 대하여 다른 시작법을 모른다
오직 한쪽으로 구른다, 둥근 난자처럼
살기 위해 굴러가기 위해 그럴 뿐
가는 길이 삭아도 제 몸 뉘어간다
바람이 흔들면 그림자가 끌고 가게 한다
그림자 밖에는 햇빛이 시들지 않음을 믿는다
더 열중하며 태양을 시기하지 않는다
내가 사라진다 해도 궁금해 할 사람 몇이겠는가
가는 곳이 낭떠러지여도 멈추지 않는다
내일이 침침해도 간다
꿈을 멈추면 나를 영원히 버릴 것 같다
바람이 그림자를 쥐고 흔든다

바람이 발을 걸어 기우뚱하기도 한다
그래도 발자국을 감싸며 방향을 다지고 꿈을 향해 간다
하얀 그림자 사이로 바람이 지나간다

일출

숨죽인 어둠 속에서 바다가 끓기 시작하는 소리를 듣는다
따끈따끈 바다가 달궈지는 소리가 들린다
해는 기다리지 않아도 뜬다
뜰 것을 알면서 기다리는 것은 조금은 놀라고 싶어서이다
야호!
돌아오는 것을 보지 못한 요트들이 떠나고 있다
햇살이 부서진다. 갈매기 난다
파도를 치고 제 몸을 피워 올리며 떠오른다
여명의 따스한 빛이 내 몸을 어루만진다
재생하고 싶어도 시간은 무를 수가 없다
푹 자고 깨어났으니 솟아오를 일만 남은 해
거리낌 없는 태양이 하늘을 차지하고 있다
해가 떠오른 붉은 바다와 수인사를 나눈다
해는 돌아가기 위해 몰려가고 있다
나는 햇빛 속으로 일사불란 퇴장한다

하루

나의 불안은 언제 달콤해질까
계절도 나보다 더 예감이 뛰어난데
뿌리도 없는 하루는 또 가고 있다
건강하고 외롭고 아프고 웃고
긴 세월 흘러도 하루의 승자는 없다
밑도 끝도 없이 해가 가고 달이 간다
보이는 일에 빠져 있어서일까
느끼는 사랑을 좋아해서일까
나를 용서하는 노래를 부른다
날개를 달고 이동하는 상상을 해서일까
지우고 벗어나려 시간을 거슬러간다
오늘도 어제처럼 감정은 따뜻하다
어제도 보았던 하루는 고정되어 있지 않다
흔들리지 않으려고 불이 켜진 탑을 서성인다

지금부터라도

잃어버릴 것을 적게 가지고 산다는 것은
미끄러지는 삶을 적게 산다는 것이다
세상이 헛돌고 있다 해도 세상을 버릴 수 없다
생이 무겁게 느끼는 것은 세상 밖을 자꾸 쳐다보기 때문
이곳에 없는 삶은 그곳에서도 없나니 생을 끌고 다니지 말 것
총량은 다 비슷한 삶이라는 것 인정하지 않으면 다 멀게만 보이는 것
물보다 자유롭게 바람보다 가볍게 인생을 걸어야지
사랑할 날이 줄어든다, 고민할 날도 줄어든다
늙는 일 하는 것만도 아프다
덜 후회스런 삶을 살아야지
더 사랑하는데 시간을 할애해야지
세월을 이길 수 없으니 쓸데없는 것에 마음 주지 말아야지
지금부터라도 살아있다는 것을 잊지 않고 살아야겠다

바다

바다가 저렇게 맑은 것은 이유가 있을 것이다
바닷가에 한꺼번에 몰려와 자기 몸을 빨래한다
파도를 만들어 열심히 손세탁하고 있다
대충 살고 싶어도 그저 그런 삶이 싫은 모양
내가 그만 쉬라 말해도 멈추지 않을 것이다
푸른색이 아니면 익숙해지지 않을 것이다
검은색이라면 자꾸 헛발질만 할 것이다
파도가 바다냄새를 뿌리고 돌아간다
아니다, 왔다 갔다 하면서 손빨래를 돕고 있다
보이는 세상 전체가 물결이다
누가 떠나도 제 몸을 닦고 씻을 것이다
바다는 생이 줄어도 들락거리는 것을 멈추지 않을 것이다

나비

애벌레에서 나비되어 꼭 하늘을 날아야 할까
무엇이 변화시키는 힘을 주는지 알 수 없다
고치를 뚫고 나오는 고통은 꿈이 있으니 견딜 수 있을 것이다
희망이 없을 때 슬픈 것
꿈이 없을 때 허망한 것
시간이 많지 않아도 웃는 표정으로 날개 짓을 한다
희망이 폭탄을 감추고 있을지라도 꿈을 접지 않는다
언제 갑자기 휘몰아칠지라도 소용돌이 속을 덤덤히 난다
자신을 들고 서있는 것은 관람자뿐이다
나비로 빚어지기 전으로 어떻게 가야하는지 아는 모양이다
제 살을 내어주고 춤추다가 사라진다
기적을 우연처럼 꼬리치며 날아간다
나비가 다시 올 때까지 야생화들이 들판을 수놓는다

나비는 맨살의 사랑을 나누려고 갔을까
눈 깜짝할 새에 상상하는 것들이 사라질 수 있다는 것을 알겠지
나비 다시 난다. 기억을 잃어버린 줄 알았는데 되찾은 모양이다

당신을 알고부터

당신을 알고부터 모든 꽃이 아름다워요
계절마다 다르게 피는 꽃들이 그렇게 예쁜 줄 몰랐어요
풀 한 포기도 애틋해서 함부로 건들지 못해요
어느 것 하나 새롭지 않은 것이 없거든요
잠이 들면 꼭 깨어나기를 기도해요
오래 살고 싶다는 아침을 맞고요
온종일 당신 생각뿐이지요, 꿈에서까지
꽃이 진다해도 당신을 보내지 않을 거예요
가슴에 당신을 담아 둘 것이니까요
내 안에서 뿌리내려 항상 자라게 할게요
예쁜 당신처럼 좋은 내가 되고 있나 봐요
당신을 알고부터

껌

그만 씹어라
너도 그럴 수 있다

애완동물

–

참 귀엽다
너처럼 좋은 것만은 아니겠지만

야생화

참 곱다
다른 사람들은 그렇게 생각하지 않을 수 있다
속상하면 제자리로 되돌아갈 수 없다

제주 아침 바다

절실했다
이렇게 아침 바다를 찾는 걸
파도에 햇살이 흔들린다
삶이 무뎌질 무렵에는 바다에 온다
그것이 제주도라면 신발을 벗을만하다
해변에 햇살을 풀어 발자국을 그린다
햇살이 바람날 때까지 걷는다
발등에 걸린 게 한 마리, 햇살을 뜯다가 길을 잃었다
아침을 몰고 온 갈매기가 바다로 잠긴다
파도가 하얀 비단을 흔든다
배가 수평선을 자르려고 떠난다
별에 젖었던 바다가 튀어 올라 옷깃을 당긴다
물보라처럼 해변을 걷는다
공중에서 잠들었던 바람이 등을 밀어준다
어쩌다가 갈매기가 파도를 물어뜯는다
파도가 해변 따라 밟고 지나간다
은빛바다가 아침으로 빠져든다
걸음이 파도소리에 실려간다

섬

바다가 툭툭 건드린다
하모니에 맞게 노래 부르며 유혹한다
밀어도 당겨도 흔들리지 않는 섬
한 결 같이 하던 일만 한다
새들이 날아가는 것을 보는 일
온몸으로 혼자의 시간을 견디는 일
말 한마디 없이 널려 있는 파도를 듣는다
떠나는 일은 절대 없다고 묵언수행
섬의 그리움이 바다 위 햇빛을 출렁이게 한다
파란 하늘이 섬이 뛰는 심장을 밀고 간다
아랑곳없이 섬은 모래와 바위를 자라게 한다
그래야 유적이 되어 사라지지 않음을 안다
바다를 밀어낸 섬이 먼 시간을 헤아리고 생각에 잠긴다

석양에 기대어

해안 가장자리에 앉아 태양이 하야하는 것을 본다
혼이 끊어질 듯 아름답다
바람에 섞여도 아파하지 않는다
바다에 풍덩 빠져도 슬픔을 말하지 않을 것이다
용암이 끓듯 빨갛게 바다를 물들인다
희망이 있기에 피하는 것이 없다
영원함을 알기에 격렬하게 저항하지 않는다
내일도 내일의 태양으로 출발할 것이다
어디서 오고 어디로 가는지도 모르지만 기적이다
아름다움이 흘러가는 시간이다
붉게 물든 바다를 향해 두 팔을 벌린다
지는 해를 향해 노래가 퍼져간다.

5부

사랑 일기

어머니 발톱을 깎으며

어머니는 97세, 등 굽은 몸을 침대에 앉힌다
살비듬 부스러뜨리고 때 내어 모은 양말을 벗긴다
바짝 마른 다리에 검버섯 돋았다
소녀처럼 숨기려는 발을 잡고 손톱깎이 밀어 넣는다
어렵게 깎은 발톱 하나 바닥에서 웃는다
늙어가는 것이 아니라 익어간다지만 얼마나 불편했을까
돌보다 단단한 화석 손톱깎이로는 해체 불가능
두꺼워진 발톱을 칼로 갈면서 어머니 미소 듣는다
순서 없이 자란 발톱 자르는 일이 쉽지 않다
죽은 세포에 붙들려서 대리석 된 발톱
발톱을 깬다, 석공처럼 땀 눈물 흘린다
나무껍질 같은 어머니 손이 내 머리를 쓰다듬는다
질긴 발톱을 뜯으며 세월의 무상함을 느낀다
뼈를 감추고 있어 조각가처럼 떼어낸다
캐내려는 의지에 아주 조금씩 부서지는 발톱
97년 살아온 숨겨진 진액이 벗겨진다
동그랗게 몸을 말고 계신 어머니를 편다
어머니 발톱 깎고 눈물의 방 나온다

그의 집으로

상념을 지우고자 산책을 나선다
풀숲에 한 떨기 꽃이 피다가 지고 있다
그의 입술 향기가 어깨에 앉았다
시든 꽃이 고개를 숙이고 있다
부풀어 오를 입맞춤이 필요하다고 생각한다
품는다면 안아보다면 중얼대며 걷는다
아물지 않은 상처를 보듬으며 걷는다
사랑스런 그의 이름을 불러야 하는데
함께 여행할 수 없어도 방황은 멈추지 않는다
사라질 때까지 비밀을 간직하라고
죽음에 이르는 병을 의심치 않으며
빈 새장을 확인하러 가고 있다
그에게 매혹되어 불행한 행보를 한다
내 눈동자에 약속했던 은빛물결 같은 그의 눈빛
어쩔 수 없는 사연 있었겠지 믿기에
함께 했던 동행자를 그리며 간다
바람을 끌고 쓰러질듯 그의 집을 향해 걸어간다

떠난 사람을 그리며

비가 오지 않아서 울 수 없다
선글라스는 준비되어 있지 않다
눈물은 감추어서 흘려야 한다
누구도 알지 못하게 하고 싶다
회개의 달인이라는 것을 모르게 하고 싶다
사실은 꿈을 그린다는 것도 모르게 하고 싶다
내가 토로하고 싶은 사람은 겨울나라에서 산다
내가 떠드는 소리는 누구든 알아듣지 못해야 한다
나의 외로움은 더욱 더 그렇다
슬픔을 들키면 절대로 안 된다
눈물을 담을 그릇은 가지고 있지 않다
눈이 내린다
누구나 알아듣는 말로 어둠을 분지른다

선물

–

신이 가져다준 선물이었다
당신의 달콤한 입술이 증거다
어느 날 갑자기 선물을 빼앗았다
이룰 수 없는 사랑이라서 안 되겠다고 하였든가
귓속말로 한마디하고는 나를 이끌었다
세상은 넓고 사람은 많다고 하였든가
신은 모르는 것이 있다
백억 명 중 고르라 해도 그를 다시 선택하고 싶다는 것을
그에게 영원히 저당 잡히고 싶다는 것을

신의 이끌림에 발버둥 쳤다
천사들을 이길 수 없다는 것을 모르는 것은 아니다
그의 입술 사이에 사랑의 비밀을 포개놓고 싶다는데
그의 눈빛과 눈빛으로 끝 모를 이야기 하고 싶다는데
사랑을 나눈 지 얼마 되지도 않았는데
사랑해라고 연달아 고백하는 것을 멈추고 싶지 않은데
신이 건네준 선물! 왜 그랬을까?

사랑 그 후에

너를 향해 던지는 미소가 떨어진다
너는 공기인가 사랑인가
너를 향해 걸어도 발걸음은 제자리
침묵이 둥글게 뒹군다
함께 웃자하면 언제든지 웃을 수 있는데
함께 끝내자고 주사위를 던졌다
절박한 심정으로 막지 못했다
조그만 조금만 더 견뎠더라면
신이 도와주었을지도 몰라
이렇게 적막위에 손을 얹지 않았을지도 몰라
사소한 감탄에도 춤을 추었는데
무엇이든 없어도 무엇보다 좋았는데
미래의 조각들이 산산이 부서졌다
바벨탑인줄 왜 모르고 쌓았을까
언덕 위에 낙엽처럼 누워 있다
스쳐가는 바람도 슬픈 듯 멈춰 있다

당신을 다시 품는다면

당신을 다시 품는다면 죄를 인정하리라
초라한 욕망이 아니라고 자신하리라
내 자신에게는 엄격해도 당신에게는 녹아지리라
새처럼 다시 날아간다면 기도하리라
사랑의 계획은 치밀하게 써 놓았다
다시 파국이 있다면 당신이 먼저 울게 하리라
다음 생에서 다시 만날 것을 먼저 기다리리라
그곳에서는 아침 열 시에 함께 일어나리라
다른 별에서 온 명령을 잘못 받아 이별한 것
이제는 죽어도 받아들이지 않으리라
헤어져 흐느껴 우는 것은 반복되지 않으리라
방황의 구슬이 굴러다니지 않게 하리라
가슴은 이렇게 뜨겁게 불타고 있다고 전하리라
누구의 그림자가 더 진한지는 양보하리라
시드는 오후에 홀로 앉아 당신을 그리고 있다

타버린 집

왜 불타도록 설계를 했을까
그가 들어올 문이 있었다면 사정이 달랐을 것이다
도움을 청할 수 없도록 처음부터 문은 없었다
끄지 못할 구조를 부정했다
아무도 없는 옛 집터를 본다
재만 남아서 그날을 기록하고 있다
본래 아무것도 없었다고 말하는 듯하다
사랑이 가득했던 집이 텅 비었다
사랑이 떠난 집을 보며 경악한다
부서진 벽돌이 사랑의 주춧돌이었을까
이제는 앉아서 이야기 할 의자도 없다
불운이었다며 운명을 탓할 수만 없다
처음부터 파멸의 길이었을 것이다
혹시 하며 운명을 거부하고 지은 집이었을 것이다
어떠한 문에도 맞지 않을
녹쓴 열쇠가 헛돌고 있다

사랑 일기

꽃의 아름다움을 잊었다 너를 알고부터
다른 소중함은 쉽게 잊었다 너를 알고부터
더 높은 곳도 주변도 잊게 만든 너
가난을 택해도 마음은 설레게 하는 너
세상이 다 아름다워 바랄 것이 없었다 너뿐
황무지 외곽 허름한 집에서 살아도 좋으리라 생각했다
너보다 더 좋은 것 너보다 더 귀한 것 없었다
기쁜 영혼이 있기에 한없이 즐거운 나날이었다

사랑의 미래를 미워했다 네가 떠난 후부터
자연에 산다고 움막을 찾아들었다 네가 떠난 후부터
하늘의 푸름은 회색이 되고 좁아지고 있다
사랑의 기록을 끝내갈 때 허무가 넘치고 있다
내가 사랑한 사람을 친구라고 불러야한다

행복에 대해 말하는 입맞춤은 떠났다
나처럼 세게 울라고 나무를 흔들어댄다
흔들리는 숲속에 혼자 쓰러져 뒹굴고 있다

홀로 보내는 밤

홀로 보내는 밤이 많아졌다
기억의 파편이 하나 둘 파도쳐 온다
그를 잊을 방법이 없다
온몸에 새긴 그의 추억을 지울 수 없다
어둠이 완성되어도 등불로 방안을 밝혀도 소용없다
내가 나를 안아줄 방법을 모른다
나를 버린 사람을 내려놓자고 나와 언쟁한다
극단을 선택하면 자유로워질까
나 홀로 텅 빈 방에서 이 밤을 견뎌야한다
위험에 빠지는 것이 꿈속인지 혼돈이다
내가 안전해지려면 그의 포옹이 필요할 것이다
희망을 가지려면 그의 행동여야 가능할 것이다
허망한 기다림 속에 체념의 시계는 똑딱거린다
그가 악마라면 용서하지 않고 기다리지도 않겠다

그와 그림자를 겹쳐볼 수는 다시없을 것이다
불가능한 것을 묵상하는 취미가 바닥을 들어냈다
이제 그에게 마지막 편지를 쓴 후 보내지 않고 태울 것이다
죽음보다 여명의 빛이 먼저 방안을 밝히고 있다

나의 약점

나의 최대 약점은 사랑한다는 것을 어떻게 쉽게 알았을까
웃으라 하고는 고통스럽게 살라 한다
사랑해라고 말 한마디에 그가 기대하는 착한 사람이 된다
희망을 노래하고 있으라 하고 그는 돌아오지 않았다
슬픈 사랑과 좌절은 내 몫으로 안겼다
누가 비웃어도 그를 아낄 운명으로 자랐기 때문이다
사랑하는데 그를 길들일 수도 받들 수도 없다
버려질 사람인줄 모르고 사랑했냐고 바람이 말한다
사랑하는 사람을 사랑할 수 없어도 하루 세끼는 잘 먹는다
그가 명령한 밥은 챙겨먹으라는 것까지 어길 수는 없다
사랑을 한 후 그의 촉촉한 손이 필요한 때이다
나를 사랑하기에 나를 위해 슬며시 떠났을 것이다
따뜻한 그의 손바닥이 나를 상처 입히지 않았을 것이다
그토록 가까웠는데 멀어지다니 수수께끼다
사랑하는 사람과 영원한 꿈을 꾸는 것은 약점이 아닐 것이다

그의 집 앞에서

나의 수호천사는 이제 없다
어디쯤에서 추락했는지 알 수 없다
그 집 앞에 내 영혼을 뿌려주러 간다
흩뿌려야 그가 쉽게 모으지 못할 것이다
뭉쳐서 다시 내게 던질까봐 두려운 것이다
그의 마음은 이제 어쩔 수 없음을 안다
사랑의 시간을 셀 때는 좋았다
어느 날 아프게 찌르는 그의 침묵에 말을 잊었다

그 집 앞을 서성거린다
미래가 되지 못해도 봄날을 꿈꾼다
그를 끌어안으려고 양팔을 최대한 벌린다
첫눈 오는 날처럼 기뻐할 것이다
멸망한 뒤 이별하자고 말할 것이다
사랑을 상실했다면 불의 화환으로 녹여줄 것이다
오늘 이후로 내 삶의 고통은 끝날 것이다
종소리에 꿈이 깨지고 휘청거리며 돌아선다

그를 향한

내가 원하지 않는데 아프다
내가 사랑하는 사람은 내 그림자를 당기고 있다
나의 내면을 들여다보며 잊고 살 수는 없을 것이다
숨이 멎어야 그는 돌아올지도 모른다
파도야 미친 듯이 날뛰어라
폭풍우야 최대의 광기를 부려라
사랑하는 사람이 사그러진다
사랑의 대가가 슬픔의 생이라니
사랑하는 사람의 편린만 줍다가 살아도 좋다
평생 모아도 그의 반도 모으지 못해도 좋다
이루어질 수 없는 나날을 그리워한다
얼마나 충실해야 사랑은 대답하는가
초대장 없이 사랑한 것이 죄라면 죄인가
나를 고백해도 소용없음을 안다
설명할 수 없는 사랑임도 안다
좋았던 일들만 기억하기에는 상념이 깊다
오늘도 그를 향한 눈먼 자로 살고 있다

다시

다시 사랑할 수 있다면 항상 설레게 하리라
잘 못해준 것만 떠오르는 걸 되새기지 않게 하리라
죽도록 사랑한다는 것을 느끼게 하리라
당신의 햇살 같은 미소로 행복하였듯
다시 손을 잡아준다면
다시 입술을 스쳐준다면
당신이 날아선 안 된다는 생각 버리리라
내가 먼저 날지 않겠다는 오만도 벗으리라
모든 아픔을 끌며 걷는 것은 감당하리라
후회하는 삶을 중단시키리라
슬픔은 바람에 맡기고 잊으리라
하늘이 구경하고픈 장면을 연출하리라
다시 사랑할 수만 있다면 성실한 노예가 되리라
당신이 행복해진다면 나는 죽어서 가리라

기울어지고 있는 사람

제 고통이 필요하다면 드리리라
사랑하다 미치라면 그러하리라
죽음이 필요하다면 감행하리라
조금 일찍 사라짐을 당신이 그러하면
생각만하고 행동 안 하는 당신과는 다르다는 것을
사랑이 필요해서 나쁜 마음이 필요한 오늘
슬픈 생각으로 옥상 위에 서 있다
당신을 죽도록 기다리는 능력은 왜 탁월한지
사진을 꺼내보며 사랑해라고 속삭이는 무능한 나
꽃들을 구경하고 있는 당신을 멀리서 그려보기만 하는 나
당신의 천국에서 노동하다가 죽고 싶었는데
몰래 쌓은 추억만 먹고 살아야 한다니
나는 서서히 기울어지고 있다
점점 무의식의 세계로 떠오르고 있다
상상의 날개가 부러지고 있다

병신

3층이면 충분할 것이다
눈 한번 찔끔 감고 뛰어 내리면 될 것이다
죽지 않고 병신을 만들기에는 최선책일 것이다

그가 심어 놓은 꽃밭을 갈 것이다
그가 꽃이 되어도 좋고 아니어도 좋을 것이다
매일 물 주러 오는 사람을 거부할 이유가 없을 것이다

경쟁자나 장해물로 생각하지 않을 것이다
불량한 사람이나 당당한 사람으로 여기지 않을 것이다
구부러진 사람을 무관심하게 볼 것이다

매일 그의 꽃밭에 물을 주는 것을 낙으로 살 것이다
어제보다 훨씬 지루하지 않을 것이다
그가 키스해주지 않아도 비명은 지르지 않을 것이다

심장이 뜨거워지면 내게도 물을 뿌릴 것이다

내 것

내 것이 아니었어요
빌려 쓰고 내 것이라고 우겼어요
사랑한다면 그렇게 말해도 된다고 생각했어요
당신의 마음대로 당신의 것으로 돌아갔지만요
또 다른 내 것을 찾기 위해 떠나지는 않을 거예요
방랑이 시작되어도 내 것을 바꿀 수 없어요
그는 잠시 쉬다가 돌아올까요
끝은 시작을 의미한다고 믿어요
별처럼 평화주의자는 안 되는가요
아참! 내 피를 몽땅 줄게요
혈액형이 같으니 당신께 한 방울까지 헌혈하고 갈게요
빌려 쓴 죄를 갚고 싶어요
가지고 싶다는 말은 하지 않을 거예요
당신 심장 속으로 들어가는 것은 안 되겠지요
가슴은 노크할 수 없잖아요

당신에게 이어진 길은 보이기만 할 뿐이네요
당신에게만 맞는 열쇠, 열 수 없는 마음
한 번만 더 내 것이라고 우기고 싶네요

은빛 물결

우편배달부는 벨을 누를 수 있다
대문을 마음대로 두드리는 사람이 부러운 날이다
나는 차마 벨을 누르지 못하고 돌아선다
말 못하고 외면하는 진실을 어찌하랴
결심한다는 것은 나 혼자의 독백
솟구치는 외침은 가슴속에서 산화한다
통한의 아픔은 혼자 길러야 한다
행복한 웃음소리가 창가에 들린다
내가 있어야 할 창가에 누군가가 있다
내 사랑은 허공에 헛돌고 있다
슬피 가리키는 내 시선은 창가의 두 그림자를 본다
사랑을 하다가 살아도 삼만 일 산다는데
불덩어리처럼 뜨거운 사랑을 문 앞에 놓고 간다
독을 핥으며 찢어지라면 한이라도 없겠다
절규하다가 망부석 되라면 미련이라도 없겠다
한 가슴에 두 개의 심장 심어 놓고 은빛 물결 춤춘다

광덕산장

송양의 시집

초판 1쇄 발행 2020년 2월 3일

지은이 송양의
펴낸이 송양의
펴낸곳 월파출판

등 록 제2010-000004호
주 소 충남 천안시 서북구 불당25로 8, 302동 2703호
(불당동, 호반써밋플레이스 센터시티)
전 화 010-8768-7109
이메일 sye4473@hanmail.net
공급처 정은출판 ☎ (02)2272-9280

ISBN 979-11-85358-15-4 (03810)

정 가 11,000원